另一场雨

刘春 著

当代世界出版社
THE CONTEMPORARY WORLD PRESS

刘春（绘图：魏维伟）

刘春，20世纪70年代出生。著有诗集《幸福像花儿开放》《广西当代作家丛书·刘春卷》，散文集《让时间说话》《文坛边》，评论集《朦胧诗以后》《从一首诗开始》《一个人的诗歌史》，等等。曾参加《诗刊》社第十八届青春诗会。获首届华文青年诗人奖，第四届、第六届广西人民政府文艺创作铜鼓奖等。中国作家协会会员。现居桂林。

序 诗

写一首诗

写一首诗,不同于读一首诗
前者像盖建房子,讲究结构合理
造型美观,材料扎实
后者只需考虑染料的质地

有时二者难度相似
比如想写一首诗送给某个人
但找不到句子,退而求其次
给他读,也开不了口

现在,我习惯了沉默
把最美的词留在心里,让思想
在内心成形,说出

目 录

第一辑　　另一场雨

003　　与自己书
004　　孤城
005　　寻常事
006　　清平乐
007　　归去来
008　　小院
009　　幸福感
010　　夏夜
011　　爱一个人
012　　一只母鸡
013　　进山
014　　距离
015　　像一片叶子
016　　月亮
017　　静夜
018　　暗伤

019	白云辞
020	记一个梦
021	秋天
022	过程
023	自己
024	时间
025	卡萨布兰卡
026	有感
027	温泉记事
028	黄姚花草
029	途中
030	一棵和你同名的树
031	海边月夜
032	石鼓村变迁史
033	幽谷
034	春天的花
035	鸽子
036	旧梦

037	草原之夜
038	另一场雨
039	经过
040	海子
041	花开在污地里
042	写作课
043	杜甫草堂
044	医院所见
045	进化论
046	百年孤独
047	一个男人在哭泣
048	心如止水
049	父亲
050	母亲
051	陪母亲看电视
052	我在远方有棵树
053	梦境
054	在殡仪馆

055	雪渐渐大了
056	不眠之夜
057	立场
058	天门山
059	两难
060	白蜻蜓
061	江湖
062	玫瑰的言辞
063	悖论
064	小站
065	荒芜之诗
066	菊花
067	仰望
068	爱
069	此时此刻
070	易容术
071	草原
072	清明

073	细雨里
074	回忆之诗
075	观念
076	真假
077	好雨
078	芦花飞
079	麦穗
080	纸鸢
081	一种植物
082	结束与开始

第二辑　　命运协奏曲

085	命运协奏曲
101	人间滋味
107	词不达意

第三辑　　低音区

115　　父亲史记
118　　感恩书
120　　空空荡荡
122　　你躺在床上很多天了
124　　一首老歌
126　　吵架之诗
128　　一个诗人
130　　想象爱情
132　　拯救之诗
134　　子夜读史
137　　疾病记忆
140　　一树桃花
142　　树与石
144　　一个人做了你想做的事
146　　一只名叫"汤圆"的猫
148　　水井坊的下午

150	大河奔流
154	虚构的梦境
156	低音区
158	春天,等一等
160	旧报纸
162	独弦琴演奏师
164	三月,读海子
166	去北海
168	寂寞
170	三十年前的苹果
172	那人在你体内安放桃花
174	亲爱的眼泪[1]
176	在杭州
178	琴声中的玫瑰
180	二十四节气:大雪
182	纯洁
184	爱情故事
188	自省书

191	城里的月光
194	电影片段（一）
196	电影片段（二）
198	电影片段（三）
200	童话：虹
202	梦中的苹果和一株草的香气
204	必须如此
207	后记

第一辑

另一场雨

与自己书

做一个独来独往之人
不勾三搭四,不成群结伙
不讨好权贵,不轻视赤贫
不装疯卖傻,不李下瓜田
不催泪,不引流
不防暗箭,不怕明枪
不掺和家长里短,不与人暗度陈仓
上山就专心砍柴、寻药,坐在石头上看天
回家就闭门读书、发呆,想天边的事
节约字词,不解释,不操闲心
不立山头,不混圈子
不追逐别人,不放过自己
就是这样,无欲无求,僻静孤独
就是这样,我行我素,凉薄一生

孤城

我曾经一再写到河流
写我忧郁甚于欢乐的少年时光
后来我停下来了,思绪流动
但什么也不说

心是白云,春风可以带来暖流
如果心是孤城,它的门
就没有什么歌声能够催开

大漠空旷
这美,沉重得令人忧伤
这忧伤,美得过于单薄

寻常事

有时候，会对一些小事情
心怀抱怨，从隐约的不愉快
到低声唠叨，再层层加码，最终
不可抑制地燃烧起来

有时候，对荣耀惶恐不安
站在台上，忍不住四下张望
仿佛曾经做过小偷，徒然地等待
被揭穿的那一天

有时候心如止水，觉得自己
与世界两不相欠。但这样的时候不多
往往是来不及微笑
就像做错了事一样，低下头来

清平乐

在乡下,我有几个亲人
他们清贫、朴素,但身体健康
有一亩水田,曾经种植
稻谷、莲藕、砂糖橘
后来借给邻居,挖成水塘养鱼
还有两分薄地,什么都不种
让杂草自由生长
有一条路狭窄、弯曲
但总能引你找到家门
除此之外我身无长物
时间、金钱、才华,都用来浪费

归去来

沿栖霞寺边的小道
往前几百米,走着走着
就狐疑起来,感觉方向在偏离
以前不是这样的,哪怕是第一次
也胸有成竹。一条路
虽然狭窄,总能通向终点
现在弯道少了,但随时分岔
而且新修不久,导航没有记录
似乎每一条都可以通行
每一条都可能出错
于是你担心,停下,转身
返回原地,叫出租车
从烂熟于心的老路回家

小院

房前屋后,种着密密麻麻的植物
红继木、枇杷、黄皮果、芒果
桃子、番石榴、葡萄、柚子
有一种不认识,叶子像松针
姑且叫它矮脚松。还有一种
比较高挑的树木,不知如何命名
它们挤在一起,其乐融融
从不考虑长大以后,是否伸展得开

这世界,美好之事太多
可惜我们懂得太少

幸福感

起床后,你首先去的
不是卫生间,而是阳台
小心翼翼地从一个
洗脚盆大小的容器里
把猫儿留下的块状物和细沙分开
铲起,装袋,把细沙抹平
雷打不动,周而复始

就像刚做父亲那会儿
每天早晨醒来
都要给孩子换尿片
然后把他捧在手上,左看右看
忍不住想亲一亲

夏夜

对于歧路村长大的人们
夏日的夜晚并不稀奇。晚饭后
当月亮从东南边的天空升起
他们一手拿着蒲扇,一手提着小凳
三三两两,往开阔处走去

荔江河平缓、安静,足够容纳
身外的事物。月亮再高一些
就可以照见自己的影子
大人们波澜不惊,少不更事的孩子
用碎瓦片给河流描画皱纹

四十年没有看荔江河的月亮了
少年时的涟漪,定格成岁月的年轮
我像碎瓦,在记忆的河流里
一次次,徒劳地打着水漂

爱一个人

爱一个人,主要是爱他的声音
他的气味,他的癖好,当然也包括
他不为人知的过往
那些细节,有一些你很欣慰
另一些,你心里有点酸
又不便说出

有一天他不在了,但他的声音
他的气味,他的癖好
依然存在,想甩也甩不开
那些不为人知的过往,你小心地
珍藏着,守口如瓶

一只母鸡

周末回老家,哥哥杀了一只鸡
招待我们。鸡肉香嫩,鸡汤鲜美
整桌人赞不绝口,频频下筷
我注意到,一个已成形的鸡蛋
包裹在厚厚的蛋肠里,用筷子夹
重得坠手,有明显的反弹
还有一大坨密密麻麻的蛋黄
大的如黄豆,小的如米粒
葡萄串般紧紧地抱着,扯不开
看我表情有些迟疑,哥哥安慰说
赖巢鸡而已,这些天光占窝
下不出蛋,杀了不可惜
晚饭后,母亲拣了几十个鸡蛋
叫我明天带回城,说这蛋好
给孩子吃。我问哪来那么多鸡蛋
母亲说,就是今晚杀的那只鸡
前些时候攒下来的

进山

进一趟山里,并未带回有用之物
你以为至少会偶遇一两个山民
与他们对话并受到启发
或者在沉思中撞上一棵老树
揉搓额头,突然就想通了某个道理
再不济,也会摩挲它斑驳的皮肤
发出逝者如斯的叹息
当然,还可以蹲下身,观察那些
细小的事物,比如苔藓、草叶、蚂蚁
脸上堆叠出显而易见的悲悯
——这些都没有发生,我只是
想一个人浪费掉这个假期

距离

远和近并非长度单位的专利
它取决于语气、表情
或者不经意的小动作
"我会一直在你身边"
很有可能一辈子无法弥合
"我们的城市相隔几千公里"
天涯海角只是咫尺之遥

年少时总觉得身边人多余
行李扔在门边,随时准备远行
那天,你站在父亲的病床旁
他神色木然,说不出话
只有眼角处尽力挤出的小泪珠
——这时,你们已经天遥地远

像一片叶子

总是醒来后,就再也睡不着
总是在梦里捡起另一个梦,想延续下去
那种惆怅,那种追悔
总是在清晨时格外清晰

就像一棵树,皮肤枯老,叶子落尽
才想起自己曾经青涩、壮硕
好年华数不完

这一生,太多冒犯,太多辜负
太多茫然,太多手足无措,如同树叶
青翠,枯黄,最终消失

月亮

月亮升起的时候,我在海边漫行
一些大大小小的事情拥堵着
狭窄的胸腔

旁边有人喊"月亮,月亮"
我低着头,牵着一肚子心事
默默行走

夜深了,空气有些凄冷
 "月亮,月亮",似乎又有人在喊
抬起头,天空一片澄明

静夜

这时候昆虫已停止鸣叫
星星的脸埋进乌云的棉絮
孩子在黑暗中抱紧母亲

一个影子在滨江路游荡
那是远方归来的游子
那是昨日因车祸逝去的魂灵

我在庭院中静静站立
像夜里做着白日梦的青草
仰着头,承接一天最初的露水

暗伤

一切都无伤大雅,一切都无关大局
一切都是排演好的小阵雨
旁观者在暗处窥视,抿着
微微翘起的嘴角。它们是老师
教你伪装,哪怕最撕裂的疼痛
也能衍生成最通俗的玩笑
它们是你的仇家、朋友、路人
约等于无,又无处不在
这坑,你无法跳出,这绳套
你难以解开。无数次绝望之后
你学会了忍耐,与它们若即若离
在相互提防与相互依赖中
小心翼翼,度过余生

白云辞

她很高,高出我仰望的视我
很大,大过神的胸怀
我爱她身上自然散发的光,这世界
没有多少事物值得赞美,正如
没有多少名字值得尊敬

我愿意成为她的一部分
一粒沙,一滴水,一缕悄悄走过的风
我愿意为她改变,成为白,或者灰
甚至再轻一些,成为淡黄的羽毛
栖身在她忧伤的睫毛中

她不属于任何人,她来自另外的星球
与你若即若离。如果你离开
她会像爱人般凝望你的背影,如果
你守候,将发现自己轻若鸿毛

记一个梦

大部分梦,醒来后就忘记
而昨晚这个,至今仍然清晰
一个宽敞又曲折的院子,里面有
葡萄架、番石榴、柚子树
砖泥搭配的房屋,坐北朝南
渐老的妻子在土墙边浇花
院墙太长了,她有些累
但脚步比白云轻盈

这场梦让我惊讶
我有幸看到了自己的晚年

秋天

一夜之间,风鼓动所有的树叶
向世界宣告:秋天来临

孩子在长大,在成熟
他们迟早将收获这个世界上
所有的美和遗憾

一个老农漫步欲收的田野
他能看到大地的乳汁从土里往上爬
今年的收成和来年的好日子

我没有那样的福分
作为一个靠幻想生活的人
我只配仰望他额边密集的皱纹

过程

从一九七四年开始,我就住在这里
熟悉这片草地、这棵树
那时候燕子在风中飞翔,细小的树干
抖落满地阳光
一九八〇年,我在树荫下幻想
和小强一起上学堂
习惯在草地上高举右手
向书本上的影子诉说愿望
一九九三年,小强到东莞打工
现在,草仍在长,树变得更粗壮
墙已被推倒,小强一去不回

自己

这些树没有叶子,这个冬天没有棉袄
一根根枝条,是寂寞者的臂膀

奢侈的人在远方奢侈
葡萄酒染红了屋内的霓虹灯
这边,孤独者在暮色中享受孤独

还有什么比这更幸福的吗
一个人拥有整个世界
还有什么比这更残酷的吗
整个世界只有一个人

欢笑是肤浅的,哭泣也是
不如就这样站着,像一只鸟
静静地等待天明

时间

有人说树木是风的形状
我想,那肯定是指野外的树
昨夜秋风,院外狼藉
院子里的菊花没有落下一片花瓣

不是秋风温柔,不是菊花倔强
院墙太高了,风的手伸不进来

又有人说,季节是树木的试纸
这次他没说错
小雪刚过,院里院外的树
一棵接一棵,黄了

卡萨布兰卡

三十年了,我已忘记诸多细节
只记得是关于一个女人和两个男人
的情感故事。剧情有些老套
乱世、别离、重逢与抉择
搅和进谍战与误解的容器里
咖啡、舞步、心领神会的一瞥
跟踪、追逐、枪声不可或缺
战争中的边境小城,三个爱怨纠缠的
小人物,用绝望重塑记忆——
"这里一定有很多破碎的心,
我未置身其中,所以不得而知"

有感

这一生我们必须信任一些事物
比如水、火、粮食、恰到好处的远游
必须抛弃一些事物：猜疑、自大
狭隘、内心的黑暗

必须对一些事物心怀感激——
青草、露珠、夜幕下的渺茫光线
少女的最后一次回望
即使它们很小，近乎不存在

温泉记事

你不大可能知道它的名字
它太小,太偏,卑微得
近乎不存在
但它就在那里,自成一格
往前是湖南,背靠整个广西
与城乡留有适当的余地
你在这里停留了一夜,闭门思过
想起一些往事,你干净坦然
如同经过山风拂拭
想起另一些经历,你大汗淋漓
仿佛刚从汤池里起身
而它静默,从不主动介入
当你受到滋润,心满意足地
擦干自己,变成新人
它目送你走远,水波摊开
抹平所有痕迹

黄姚花草

河边的青草，一大片
又一大片。有的开了花，有的
一辈子也是草
青，或黄；老，或嫩
都自然惬意，和游人比赛
看谁更悠闲
有的花姓黄，有的姓姚
有的被摘下带回了家
有的在河边站着到老
十二月的黄昏，阳光穿过
龙爪榕细密的枝桠
照在草丛上，有一点点晕红
那是阳光最期待的艳遇，也是
她们一生中
最幸福的时光

途中

视线内闪过某种东西
细小、炫目,像南方的红豆
但飞快地逝去了

几个女孩,青春的面庞在左边闪现
一朵正午的花,开放在身侧
洁净的玻璃上

天上的云,多么淡泊高远
让人省略了杂树与飞絮
直接进入想象中最隐秘的部分

一个少年在路边行走
步履轻盈,他的成长速度
进口汽车也无法赶上

一棵和你同名的树

你知道,这世间有一些事情
在人类的想象力之外
但你依然愿意向未知投降——
那些缘分会突然跳出来
塞给你一大把欢乐
比如蜗居三年后收到邀约
比如在异地遇见旧友
比如和一棵树共用名字
就像今天,你在洛带附近漫走
它远远地向你招呼:嗨,刘春
你一愣,也说:嗨,刘春
然后你为它培土、浇水
它回报你满目青翠
就这样,这个和你的老家
操着同一种方言的小镇
成了你的另一个故乡
就这样,你和一棵树建立关系
成了它的叶子
春风一起,就想飞翔

海边月夜

风收拢了翅膀
它已跑了一整天,需要休息
你很累,却不愿意回去

你在散步,脚下是绵绵细沙
身侧的草丛里
不知名的昆虫在低唱

大海是一面镜子,收纳了
天空,你太小
找不到自己的影子

石鼓村变迁史

那时候天气还不算闷热
石鼓村隐居深山,不知何为夏天
王狗妹最喜欢的事情,是和
伙伴们去村边河沟看石头
偶尔跟大人去林子里割猪草
那时候很多地方都这样
春风吹过,山里的草木无动于衷
现在平均气温比以前高两度
电视里说,极地的冰层薄了一厘米
北极熊活动范围缩小了四分之一
石鼓村的石头更圆润了,女人们
泡澡的衬衫简化为泳衣
王狗妹已结婚好几年
不割草,不养猪,做旅游主播
艺名王欣悦

幽谷

不能再走动了,这个地方
花开得随心所欲,草自由自在
让人忘记季节的更替
生活竟然可以这样
仿佛生活原本就是这样

呼吸要轻一些,行路
要更小心谨慎一些,不要打搅那些
劳动着的小蚂蚁,那些
舒展的叶片、刚刚成形的露珠
不要打搅它们

连赞美都是多余的
就这样静静地看着吧
你只是一个路过者,有幸
撞见了这一切

春天的花

这是每年春天都会出现的竞赛——
季节用梦想造句
大地上,喻体星星点点

它在开放,嶙峋的身子迎向光阴
姿态切合你内心中的
某种细微愿望

侧身走过,你看到日子的甜
在草尖悬挂,或在风中飞散。这幸福
不动声色却刻骨铭心

鸽子

飞禽中的王子,无论飞翔
还是停息,单个还是成群结队
都是大自然的动人图景

洁白的羽毛和优雅的姿态
深得人类欢心,在一些高大上的
场合,它的名字是某种象征

相对于天上飞的幸运儿,我更关心
地面上的小生物,比如牛羊
蚂蚁,每天遇见又无视的青草

直到那天上午,我看见一道
黑色的闪电,从半空中直刷而下
将一团白色的影子攥紧

旧梦

这一生,我将与梦境相伴
它是我落地时的哭泣
是黑暗中的火焰
七岁时,我最大的愿望是
能够做一百个梦
十七岁,我把三千里外的四川当作故乡
而真正的梦尚未开始
二十七岁,我懂得了忏悔
——唉,以前有多少个梦空白一片
我曾担心自己活不过三十七岁
所以在夜晚来临前拼命奔跑
在黑暗中把童年抱紧
而现在我四十七了
仍然健康,没有早衰的迹象
其实我对世界没有更多要求
只想多睡一会儿,回到童年
回到第一个梦里
交出深藏一生的泪水

草原之夜

无所谓可克达拉,无所谓马头琴声
无所谓蒙古包、马奶酒、酥油茶
无所谓远方、春风和冰雪
无所谓姑娘、邮递员,一封纸短情长的信

我要这个夜晚,这半边天星光
这没有经过预设的风,自由生长的草
一条长长的、没有尽头的路
要一盏灯点在心里,夜行不孤单

哦,我多么渺小,又多么贪心
我在草原上坐拥人间
想把世外的美色一网打尽

另一场雨

如果这场雨要持续一夜
悲伤会不会相应上涨?
它的声音紧张而尖利
像不像狐狸对老虎的训斥?

昨天还好好的鱼,今天就死了
是因为腮的问题?
还是谁改变了河流的水质?

我上夜班从单位出来,刚过桥
就被堵在路口——
一场雨在制造洪水,另一场雨在心里飞溅
像无人堪说的委屈

经过

清明去祭扫祖宗,要经过你的面前[1]
你身上的泥土仍然那么新
上个月的鞭炮碎屑鲜血般发红
我知道你在看我们,而我们尽量装作没看见
姐姐说,那是爸爸吗
我说,是的
我们脚步停顿了一下,就往前走了

返回的时候,又经过你面前
我们的脚步又停顿了一下
然后就走过去了

---

1. 按照我老家广西的风俗,头一年去世的人,亲人在第二年农历二月初二时会去祭扫一次,清明节时不能祭扫。

海子

你说,众神已死,草原上野花一片
我想远方并非只有这些
还有雪山与沙漠
并非只有浪漫主义的湖泊,还有
现实主义的泥潭,以及
深度意象的幽灵

你从草原来,衣服上抖落月光
你把野花当作最重的礼物
送给那些躁动不安的人

我曾是其中一个
像一条鱼,看着你布下的诱饵
一口咬了下去

花开在污地里

花开在污地里,也可以有干净的面容
但是否有爱人和朋友
旁人不得而知

它那么矮,那么小,出身低微
霜露是唯一的薪水
即使不被采摘,也不比一场雨活得更久
相比之下,你的荣耀已足够多
娶了一个不在乎存款的女人
生下一个比花朵更美的孩子
刮风下雨时,一扇陈旧而温暖的门
永远为你敞开着

这寂静的午后,语言比阳光更奢侈
一朵污泥中的花,让你打开内心的悲悯
然后慢慢地屈下膝
拦住蠢蠢欲动的女儿

写作课

他写下：大雾弥漫桂林城
问你感觉如何

你眉头紧皱，在厅堂走来走去
仿佛一些事情正在发生

他又写下：大雾弥漫的桂林城
问你感觉如何

你长吁了一口气，停了下来
仿佛问题已经解决

杜甫草堂

如果可以,我愿意做一粒高粱
或者小米,把自己扔进水井坊的车间
发酵,变成醇酒送给爱人

我愿意做一片谷糠,与众多同类
混合泥土,守住最后的水
脱胎换骨,变成世间最美的酒

我愿意去这座城市的任何地方——
青羊宫、九眼桥、宽窄巷子
武侯祠、锦里……做一个夜不归宿的醉汉

我愿意一生不离红星中路或书院西街
每天游手好闲,呼朋引类
诗酒唱酬,过小日子

但我不敢去看他。那地方太重了
我太轻,经不起他淡淡一瞥

医院所见

一个五六岁的男孩坐在凳子上
双手过头,对正准备给他输液的护士
比画成心形。护士对他竖起
两只大拇指

几个月大的婴儿,满脸期待地
向对面的医生伸出双手
要抱抱。年轻的医生扭过头
捂面痛哭

在那一瞬,我突然想做一个病号
走到他们中间
拥抱他们,替换他们

在那一瞬,我把世界上
所有的医者当成了我的兄弟
我的爱人

进化论

朋友发来一张图片：两株植物
形状几乎完全相同，旁边有一行字
"你能认出哪一株是稗草吗？"
我笑了，马上告诉他
稻苗与稗草的区别，稻苗根部粗壮
茎秆饱满，叶片圆润。末了
顺便炫耀一句"你休想难倒一个
种了十七年田的前农民"
朋友回复一个意味深长的表情——
"你选错了，现在的稗草
才是这个样子"

百年孤独

一觉醒来,格里高尔发现自己
变成了甲虫。在卡夫卡的世界里
时间与进化论形同虚设

后院的墙外有两株树,一株
是枣树,另一株也是
不经意间,绍兴人鲁迅
为文学腾挪出哲学的空间

多年以后,面对行刑队
布恩迪亚上校将会回想起父亲
带他去看冰块的那个遥远的下午
马尔克斯多么善解人意啊
似乎万事可以重新开始……

这个早晨,你对着一些摊开的书页
无端泪涌,不能自已

一个男人在哭泣

在省第二人民医院,一个男人
躲在感染科病房的门背后
哭泣。为他的倒霉
为他的懒惰,为他的投机
为他的逃避与不在乎

为他的
刚刚咽下最后一口气的老父亲

我猜想,接下来他会继续哭
为他终于成了孤儿,为他
眼看着要实现突然又消散的理想
为他飞絮般缥缈无依的
晚年生活

心如止水

育才路 15 号和山水大道 49 号
两栋大楼遥立城市东西,一个
供做梦,另一个也供做梦

后来,它们的功能开始交叉
我常常在育才路打开电脑
连线山水大道,接更高楼层的指示
在山水大道,我偶尔也玩手机
或者偷偷读一本诗集

我曾经想离开育才路,去远方
也曾经厌倦过山水大道
向往六百米外的创业大厦,以及
更远一点的中心广场

现在我心如止水,爱育才路
也爱山水大道。每天像只蚂蚁
在勾连两处的万福路奔跑

父亲

你还在的时候,我每天都拼命工作
每天都对别人笑。我想挣钱
想让借了一辈子债的你放心——
我们家不缺钱了

现在你不在了,我仍然每天拼命工作
每天对别人笑
爸爸,我们家真的不缺钱了
可我怕一闲下来就会想你
怕想你的时候我会哭得
不像个男人

母亲

微信响起二哥的语音
母亲住院了,咳嗽,痰里有血
接着是一张化验单
上面密密麻麻一段话
还有个图片,放大后
可看到肺部严重发炎

我赶到时,母亲病恹恹地躺着
头顶吊着一大一小两瓶药水
看见我,立马坐直身子
像什么都没有发生

陪母亲看电视

音乐声中,主持人说
下面要介绍的这位女性
勤劳、朴素,几十年如一日
奋斗在普通的岗位上
含辛茹苦,不计得失
最终成功地培育出世界上
独一无二的成果
让我们用最热烈的掌声
欢迎她上台……

我有些恍惚,扭头望了望
身边坐着的母亲

我在远方有棵树

你从安康发来照片——
田园里,一棵树以我的名字命名
我一下子就兴奋起来

多美啊!我在远方有棵树
这幸福来得那么真实,接近于虚假
从此外地多了一个亲人
从此对一个地方有了念想

但我突然有些担心——
春风会不会照顾她
深秋来时,她备有几件衣裳
我不在的时候,她会不会孤单
会不会哭,会不会被外人占为己有

这样想着,就坐不住了
就想收拾行李,从桂林一路向北
穿过娄底、宜昌、十堰
到你的陕西,跨省探亲

梦境

餐桌上,两杯牛奶冒着白色的热气
碟子里盛着刚刚煎好的鸡蛋
挂在墙边的烘焙机吱吱吱地响着
刚刚忙碌完的女人正解开围裙

男人斜靠在沙发上,一只手捧着杂志
另一只手抬起眼镜,眼睛眯缝着
跟纸张凑得很近
一只花白色的小猫伏在他旁边
温顺,安静,像刚刚睡醒

这是我昨夜梦见的场景
在梦里,我还写了一首诗
当时印象深刻,醒来后已全部忘记

在殡仪馆

多年前,他说:再好的朋友
一辈子也见不了几面。
你唏嘘了几天,就把这话忘记了

那时候你们还年轻,你以为
你们有说不完的话,喝不完的酒
浪费不完的激情

现在,你们又见面了
他的四周鲜花簇拥,他的表情
平静得像睡着了一样

雪渐渐大了

是啊,雪渐渐大了
掩盖住倾斜的屋顶

像一张旧纸巾,雪落下来
把仰望的眼睛模糊
然后洗亮。柴门前方
一个衣着破旧的孩子
紧握的拳头不由自主地松开

雪一定在诉说人类听不到的什么
或者是天籁,或者是人心
雪渐渐大了,除了村里的孩子
没有人注意到这一切

不眠之夜

一个知其名但无私交的人
在微信群里发布了一些文字
关于理想与汗水,疑惑与决绝,往事与未来
那倔强、愤懑,以及幼稚
让你百感交集
你无数次拿起手机,想给她打个电话
最终又默默放下

立场

我不是一个善于鼓励别人的人
我的赞美,曾被一些人认为别有所图
这一度让我怀疑世道和人性
但我总是掩藏不住自己的好恶
利欲熏心者、算计者
在阴暗处交头接耳者,必须远离
坦荡者、卑弱者、不屈从命运者
我为他们写下这首无关紧要的诗篇

天门山

四月四日,黑暗的一天
造物主颤抖的一天
四个青年,从各地相约来到这
生活的悬崖,绝望者的天堂
身体像一张纸,轻飘飘地
穿过白云,在最后一刻变成钉锤
砸烂大地的面子。灵魂回到出生地
继续卑微、孤单、劳碌

为什么他们如此年轻
就早早地委身尘土?为什么
他们如此默契,被玻璃诱惑而来
又最终碎如玻璃?

天门之上,山风呼号
天门之下,大地空寂

两难

中年了,想做回自己
却怎么也摘不掉戴了多年的面具

如同想写一首诗,还未落笔
脑子里净是别人的句子

白蜻蜓

初见的一刻我就被击倒了
这轻盈、秀美与沉静,都似曾相识

整个下午我都呆呆地看着她
停立,舞动,飞走又回来

那白色衣衫比秋风还薄
比初恋还暖,比泪水还清

终于,没有任何先兆
她翩然离去,没留下地址

许久以后,我仍站在原地
盯着溪边空空的石面不吭一声

我想念一只白色蜻蜓
想念多年前悄悄离开的,那个人

江湖

他们进入包间
按某种次序落座
一般会有个别人谦让
另一人会进行阻止
然后开瓶，举杯，说场面话
三杯之后，开始交换江湖往事
表情一本正经，内容
比酒量更不着边际
但不会有人当面指出
他们滔滔不绝，无所不知
穿帮了，要么圆回来
要么以敬酒掩饰
直到杯盏空空，万籁俱寂
他们才出门，掏出手机
联系网约车、代驾
或者走路回家

玫瑰的言辞

从玫瑰到玫瑰,什么事即将发生
这个早晨,我从梦中转醒
曙光在窗帘上画出一个心形

哪一场雪能寒冷一缕相思
哪一只手能阻止一场约会
从花园到花园,哪一场秋风
要挽留花朵最后的足迹
芍药、月季、兰花,这些美好的事物
正盘算着从初春赶回冬末
唯独玫瑰,从爱情到爱情的玫瑰

她静静地聆听岁月的声音
她沉默,无视更大的风雪的来临
从今春到明春,她将离开一次
但她已说出了想说的话

悖论

人群中,我常常觉得孤单
因为我不属于他们任何一边

而这,又使我觉得幸福

小站

候车室里,一个中年人
坐在椅子上哭泣
但很节制,不发出声音
他身边脚步匆匆,每一个人
都在奔向梦想
我想除了我,没有其他人注意到
这个男人脸上
断断续续的水流

黑色背包耷拉在脚边
像一条狗,无声地伴着主人
两条垂在地面的拉带是脚
顶部的拉手是头颅
默默地仰望着他
好像它真的是一条狗
好像世界上只有他们

荒芜之诗

十年前我编报纸,他们说
这是黄昏事业
这几年我编书,他们说
这是黄昏产业
后来我想辞职,做想做的事
他们说算了吧
这只会给你满身伤痕

下午五点,我从单位大楼出门
穿过荒凉的新城
七点整,回到旧城区
那时夜幕笼罩,大雨将临

菊花

天空高远。思维的淡季
生命通过植物与我对望

这黄,血与火的后裔
这寒冷的抗击者和拥抱者
她静立,无视渐紧的秋风

我看到火焰在发言
生命的淡季,雏菊发言——
最冷的雪将最早消融

而那曾在阳光下洋洋自得的花草
在风中翻飞如早夭的蝴蝶

仰望

晚饭后,我们从喧闹的舞台旁逃开
穿过人群,进入篝火照不到的阴影

村旁的小道流动着青草的芳香
世界像一个熟睡的孩子
百世难逢的夜空
等待着最虔诚的眼睛

这样的时刻
人类所有的歌声都美不过一声虫鸣

爱

要说出一朵花的名字是容易的
它与青梅有关,与竹马有关
与一个少年难以启齿的幻想有关
但仅仅是这些还不够

我必须在它来临之前安排一棵树
从天堂往下长,巨大的枝桠
挤满空空的牧场
那时候阳光和雨水相互交叠
我站立,眼里充满沧桑

要说出一个字是容易的
问题是,说出之后我们仍在
喋喋不休,而真正的爱一经说出
全世界都将成为哑巴

此时此刻

夜风中拂动的树枝
是大自然神秘的手势
大地上的生物
享受着上苍同等的恩宠

作为俗人,除了流泪和感恩
我们无法做得更多

易容术

每一种生物都有专属的易容术
想识破它们,需要注意方位和角度

圣者塞过来一大堆道理
而你依然是生活的小白

有些时候,知识有毒
过于逼近书本,文字会模糊眼睛

与所有的大词保持距离吧
唯有这样,你才能遇见真实的自己

草原

这是我所要描述的草原
一万匹母马和一万匹马驹
静静地吃草、走动
头顶着远天灿烂的朝霞

它们飞翔,以看不见的羽翼
像我一日千里的思想
整个大地只有云影,只有一万个母亲
和她们的孩子静静游弋

这是我想要得到的生活。而实际上
一万个母亲把体内最后一滴养分
留给胯下的孩子,便躺在
夕光中,逐渐老去

清明

其实你想喝的不是酒
是那份朦胧。只有这种感觉能够
守住自己的魂

又是一年,你依然走上同一条路
你的眼里没有那些喧闹的孩子
你倚门张望的母亲白发苍苍
你的父亲,在天上

细雨里

胸怀自然的人是伟大的
行为愚笨的人也一样
真理是春天的土地里悄悄长出的细苗
粗心的眼睛看不见它们

多少人夜不能寐,为了虚妄的功名
多少人倾尽全力与现实搏斗
最终一败涂地,或名利双收
我看着,像看着另一个世界的新闻

我想做一株小草,在如丝细雨里
缓慢成长。在绚烂的烟花背后
微笑祝福,悄悄隐身

回忆之诗

一首诗完成了,另一首正在开始
这是否意味着:一种事物存在的代价
是另一种事物的消逝?
比如现在,我写下"歧路村"
就发现它已离我太远
我不再熟悉昆虫的鸣唱和牛羊的沉默
童年攀爬过的树干
比时间更早枯萎。而它们身下
一棵小草正在抬头

多少年了,我无法写出一首
过去之诗、回忆之诗。
就像面对母亲,所有的游子
都不会露出身上的疤痕

观念

爱情来时,不必狂喜
有些缘分是叶片上的露珠
短暂闪亮,随即滴落
另一些,会成为琥珀

爱情走了,也不必哭泣
有些缘分是白云,因为风的蛊惑
舞动,然后消失

就这样,内心潮涌,表情平淡
就这样,撒下种子,静待花开

真假

除了湖水、远山,自然生长的草木
还有什么呢?
除了蓝天、白云,山顶上的积雪
还有什么呢?

除了天上和水中弯曲的褶皱
岁月之刀刻下的痕迹
还有什么呢?

除了清晰得有些不真实的倒影
往下生长的生命之根
还有什么呢?

一定还有我们看不见说不出的
比如一个人的性情、生活
以及他讳莫如深的沉默

像这明净的风景
仿佛伸手可及,却在万里之遥

好雨

夜是一只蝙蝠,从远处飞来
撒下漫天灰褐的尘粉。谁的手从大街尽头
一盏一盏点燃路灯?

在这样的夜晚相识,是最好的缘分
何况身旁还有雨
任别人檐下的嬉笑抛洒吧
静静相对,心里的话只有对方知道

如果有风,就让沙沙雨声作伴奏
昨夜的风铃就会摇响,昨夜的歌就会在
今夜继续,而今夜的传奇将会
充满来生的每一个日子

对于好雨,人们往往乐意承纳
不愿意避开,这像不像我们期待的爱情?

芦花飞

芦苇花悲伤的时候
天上的云朵就会落泪

满天满地的花丛,在大风的头顶
像舞蹈的细雪。而风过之后
它们爬不上低低的瓦房

芦苇花开,一年只有一次
你打开任何一朵
都可以看到生命的背面,透明的
时间的深渊

麦穗

第三个五月了,麦穗沉浸在
怀孕的喜悦中。凉风再一次申明——
她是美的,不可替代

是的,她是美的
微腆着腹部的母亲是美的
她怀中尚未出生的孩子是美的
如果天堂赐予更多雨水
沙漠也是美的

这简单的事物抵消了多少苦难
手捧粮食,泥污的双手也是美的

纸鸢

当一页纸从草地上飞起
它倾斜的姿态牵住多少看客的魂

你看到了什么？缓慢移动的云朵
空气中游离不定的微粒，向上移动的
易碎羽毛？抑或仅仅是早晨月亮
遗留下来的朴素光芒？

肯定有些什么是你无法了解的
八万里云天，它翻转，回旋，平步青云
让人忽略人与神之间的细微联系

向晚的天空下，多少卑微的灵魂聚集风中
多少心比天高的女子命比纸薄

一种植物

小区的道路旁,她们在长大
每一天都比前一天更美
黄色的花朵露出笑脸
绿色的叶子像一双双翅膀
在风中摇动

我能不能认她们为姐姐或妹妹
向她们学习朴素和安静
像她们一样扎进土地
在夜里仰望星空,在白日
微笑着,招呼过往的人们

结束与开始

你走后,一切事物变得陌生
过去的那些欢喜和悲伤
经过短暂的放大,又逐渐缩小
由于时间的介入,它们可能
向尘埃和空气投降,最后趋于零

这也好,那些后悔的事
等于有了新的选择,就让我一个人
在回忆中把走岔的频道
一个一个调为正常

直到所有的痛苦化为灰烬
所有终点重新回到起点
而你我,也将在时间的另一面
获得新生

第二辑

命运协奏曲

命运协奏曲

风

每一种风都不为谁而吹
都是你走进了它,它才被你带动
它不经意地来,又自顾自地去
不提供任何暗示
不负责点缀任何人的梦境

如果夜里你听到某种声音
低沉、忧郁,在窗外呜呜地悬着
请记住:那不是风
是真的有人在压低嗓子哭泣

花

真正的花不在乎季节
她一直开着,在空气中,在缅怀里

当气温和湿度形成共振,她就会现身
说自己想说的话

花挣不脱被摆设的命运
她的世界里需要粉饰的内容太多
她常常在废墟上舞蹈
而这并非她的本意

看花的人已离开,他们只需要一个形式
但花将留下来,在她的生命里
有一把扫帚总想抹平她倾诉的话语
也会有一个人把她认领下来
带到某地秘密定居

雪

雪并不意味着纯粹,我们所习惯的白
只是季节的幻象

文学里的雪是单纯的
身体感知到的永远都泥沙俱下

一些时候,我们夸大了雪的仁慈
一些时候,雪成为作戏的道具
一些时候,你能理解雪的难言之隐
一些时候,你难以接受雪被黑夜笼罩

当你赞美雪纯洁,乌鸦说:
我多么干净,你才是无边的污浊

月

常常是月亮在左边,右边是满天的乌云
反过来也一样——
如果左边伸手不见五指
右边总会给你空出一小段白光

常常是欢乐还没开始,失望就紧跟而来
反过来也一样——
你服从了恶的安排
内心的善就相应减少一寸

继续赶路吧!月下彷徨的人
抛开所有的迟疑与疑虑
按照最初的地图册
但必须记住:带着比新月澄明的心

雨

雨是这样一种客人——
你知道他要来
但你不知道他会携带什么样的礼物
如同一个人坐在街角抹泪
你量不出他悲伤的深度

不必期待雨能为含冤者辩解
不必期待雨能打湿陈年的宣纸
雨是正常人无法把握的暧昧
无意于摊开和晾晒
永远与太阳若即若离

对于雨,我们心情复杂
有时期盼,有时绝望
一些雨还没开始,我们就用被子蒙住头
另一些雨只需一滴,眼前就泛滥成灾

露

呼吸轻一些,脚步更谨慎一些
不要打搅正在休息的蚂蚁
和正在舒展的细草,尤其是这些小露珠
不要打搅它们

不要啊——
不要眼睁睁地看着重力改变树叶的平衡
不要看着孩子慢慢长大，然后坠落
不要在电视机前看着人们在
房屋坍塌前绝望拥抱
来不及求救和哭泣
来不及准备挽歌和悼词

就这样站着，让风从篱笆边
吹动你的良心

　　草

我从不认可这种残酷的美学——
所有的风都往同一个方向吹
所有的声音都在证明
服从是卑微者的宿命

这是多么残酷的风景——
一株小草在石头下，微茫、无助
尤其是在这样的冬天
被压住的身子单薄如一页白纸

但任何时候它都与大地保持相同的体温
枯黄头发下的那颗心
当春天来临，就伴着出发的鼓点
萌动起来

水

这是天地间最难驯服的事物
无论你怎么劝阻、安慰
无论你采取什么样的教育方式——
抽、堵、截、分、疏
或者往一条河注入同等水量的甜蜜素

它都不会成为你的同伴

一条河干了，它拒绝接受挖砂船的冒犯
一条河脏了，河床会把疾病泛滥的原因记住
你无法强迫水丢失记忆
它有自己的密码，只与同类互通有无

土

同一种事物，同一个词
在不同的眼光里印象大相径庭
比如他喜欢你的纯朴，会夸你"土生土长"
嫌弃你时，你就是"土里土气"

必要时，土成为煤，成为火
聚成砖块，站成墙壁
甚至在饥馑年代升级为食品

而更多的时候它被踩在脚下

但这些都是你的事情，土从不发言
它经历一切，但好像从不存在

雾

"雾来了，踮着夜猫的足爪"
当你想起这句诗，三十年就过去了
而你还不算苍老，你仍然爱着
诗歌，女人，以及大自然中
一切美好的事物

每一次，雾都想没收阳光的热情
做出迷惘、无辜的样子
又暗中调和气体微粒的浓度
无须愤怒，它在给你普及呼吸的常识

作为凡人,你在雾中生活
但从未停止幻想——
看不见的地方必定有和自己同样的生命
雾中透出的光,必将洗亮你的眼睛

泪

是的,说的是泪,而不是累
说的是内心的悲凉,而不是身体的疲倦
说的是有人哭了
或许是出于兴奋,但更多的
肯定是看不到边的绝望

有时候它们交叉,互为因果
有时候它们单门独户,倔强到头
请准备好毛巾和椅子吧
准备好一个湖

大方地迎接它们
忧伤太久的心需要导流的口子

铁

硬骨头只是传说。那些原料
不必经过火的考验，也会提前撇清自己
都是不好意思，多多包涵
都是将心比心，万望体谅和理解

你也一样。起风前你浑身灼热
像铁刚刚放进炉膛
风起后就开始慌张凌乱
竖起领子，把所有门窗关上

但你无法挪开心里的硬块
它梗着，不让你轻松

它是你无法甩开的羞愧,将你的一生
笼在漆黑的注视中

恨

有时候,吃了亏你最好装哑巴
像什么都没有发生
有时候,被打落牙齿也只能
默默地往肚子里咽
但这并不代表你没有知觉
一棵树在心里慢慢成长

像哑巴一样每天盯着它
生根,发芽,抽条
最后,长出坚若石头的果实
像当初被打落的牙齿
万年不化地
梗在对方的余生里

悔

太快了,这风雨
让你来不及躲避,来不及
羞愧、怜悯,来不及
慷慨激昂结结巴巴

你呀,你
总是在湿透后才开始摊晒
那份麻木,那份矫情,那份
深入骨髓的
悔

痛

只有把它捧在手里的时候
你才知道它有温度

只有它从你的指缝间流逝的时候
你才知道它的脆弱
只有你郑重地把它装进小袋子
颤抖着放进行囊中，衣柜底
你才知道你已失去了家乡

——只有你把它表面上的杂草慢慢拨开
让它从一个平面变成一个坑
又拢成一小堆，你才知道
有的人你再也见不着了

寻

我想找回身上的某些部分
它们曾经真实地存在
不知什么时候，它们丢失了

在夜里，我无数次梦到
婴儿时母亲的乳房
童年时心爱的玩具
少年时一本关于皇帝与孩子
的童话书

我想用一生的时间去寻找它们——
那与生俱来的爱、真诚
和勇气

终

从今天起，你不再歌唱虚渺的事物
从今天起，枯干长出枝叶，时间重新开始

从今天起，摘掉面具
从今天起，挺直腰身

从今天起,向周围伸出爱的手臂
从今天起,学习感恩

当你重新爱上虚渺的事物
你已不再是你,你是一个新人

人间滋味

酸

描述这种感觉不能用形容词
它本身的含义已足够空虚
同类词性之间的相互证明,如同
手背永远无法触碰手心

你只能用表情和事件举例
比如眯缝着眼、皱眉、嘴巴张开
发出细微的嘘声,那种一言难尽
像咽下一片还未成熟的柑橘

比如遇见分手多年仍然放不下的
那个人,挽着另一个人的手
比如一个衣衫褴褛的老人,在黄昏
翻着一堆又一堆垃圾……

甜

太爽了,爽得足以般配一切
能够想到的好词语,这夏日的甘蔗林
这丰腴的芒果、枝头上饱满欲滴的荔枝
这一架子撩拨味蕾的红提

一只误入花园的小蜜蜂花了眼
它左右逢源,不知道从哪一朵开始
过饱了苦日子的人们,正把今年的日子
好好规划,生怕一下子用完

壮年的父亲进城回来,从口袋掏出
令小女儿垂涎欲滴的小糖果
他的儿子在恋爱,遇见的她真心实意
他年老时,孙儿也将长大成人

苦

苦,不是对某一种滋味的描述
酸、甜、辣、咸也不是。舌尖上的苦
是所有味觉中最浅的部分
只适合在菜市场和中药铺展示

一个人在夕阳下黯然伤神
或者在大路上疯狂奔跑,你不知道
他经历了什么,但可以确认
他的体内,一场风暴正在进行

时常挂在嘴边的苦,不是苦
如同强求而来的表白换不到真情
真正伤心的人不一定痛哭
而会把自己没入最深的黑暗里

辣

有一种感受你随时可能遭遇
你无法躲开,也无法完美描述
只能额头冒汗,舌头发烫
不断地寻找清凉液体以求得缓解

有一种伤口错综复杂,时而隐晦
时而鲜艳,但症状相似——
被火热的钢铁灼烧,被针尖穿刺
被一根线粗暴地牵扯肝肺

有一种话你不敢接,有一种眼光
你不敢直视,这烈日中的深潭
会把你迷离,然后心头颤动
飞蛾扑火般心甘情愿粉身碎骨

涩

对正在成长的事物不宜摘取
如果你过于贪心,控制不住双手
命运将在你的嘴里涂满麻醉剂
让你味蕾卷曲,悔不当初

多么现实啊,从百无禁忌开始
到谨小慎微,最终把悲悯和关怀挪开
仿佛闭上眼,世界就与自己无关
仿佛扭头是最高深的学问

我需要这片刻的安宁,需要这
激情的"镇定剂"。如同春日青嫩的瓜果
需要阳光和适量的雨水,然后在
秋风中,一寸一寸找回初心

咸

请注意：此物与万事万物一样
讲究拿捏与适度，多一分或少一分
结果千差万别。它的存在
是日常生活幸福与否的试纸

很多时候它并不具体，甚至
连感觉都不是，它只是一种猜测
是一份厌弃和羡慕的流露
要理解它，必须超越表面的文字

知天命了，人间的滋味你已品尝
大部分在舌部短暂停留，又即刻离开
留在心里的那些，成为记忆的
基础。陪伴你，耗尽一生

词不达意

送孟浩然之广陵

当你离开,我看到黄鹤楼的尖顶
在向晚的天空中逐渐后退
最后消失无痕

扬州飘雨,你的到来
让那场刚刚散尽的烟花
又灿烂一次

这个三月,天空开明,春水荡漾
这个三月,长江之外,仍是长江

满江红

哪怕最落魄的匹夫
也有一个金戈铁马的梦

大雨停息,因愤怒而起伏的胸膛
仍在熊熊燃烧

多少年了,多少生命化为尘土
光荣与耻辱混杂
融进石壁里,无法淡化
也无法剥离

江水悠悠
是汗,是泪,是血

游山西村

每天用清水浇灌梦想的雏菊
家园仍然枯草一片

北风呼啸。过多的伤感让你夜不能寐
而月亮带来了一场春雨

你看,这世间多少阴差阳错
这人生多少柳暗花明

秋夕

那些拿着蒲扇在家门口乘凉的夜晚
长辈一遍遍地教你识别它们
直到你认识了它们的形状和光亮
直到你说迷路了不会紧张

如今长辈们一个一个地走了
在天上,进入星群的行列
每个夜晚,你仍然会虔诚地仰望天空

——你怀念的不是某个人
而是被你忽略已久的道理

鹿柴

"空山不见人",而万物葱茏
"但闻人语响",一切就沉寂了

有的时候沉默是无声的抚慰
有的时候,哪怕是一丁点声音
世界也会变得无比嘈杂

寄黄几复

关于功名、仕途、前程、志向
这些大词就不必说了

现在，我只想念那年的风，那年的酒
那个夜晚的大雨和孤灯

多少梦想在冷漠中消散
多少膝盖在现实下弯曲
你在远方，细数着命运的凄凉

大雁飞过书生的头顶，历史在哭泣
而大海中央，寂静无声

夜雨寄北

每个思念的夜晚都有更大的波涛
两个人，在命运相隔的两端
寻一艘乘风破浪的渡船

烛火燃亮了，又熄灭
秋天萧瑟了，又丰满

枫桥夜泊

月亮落下,天空明朗起来
我已厌倦了这种重复
当夜鸟的鸣叫和远处的钟声混合
我知道,这是灵魂出窍的最好时间

这颗心不会再躁动了,哪怕是
一片羽毛落在上头,它依然是静的
像一艘经年沉默的渔船
像大河之上无声下沉的月光

我想用这种态度来抵消
整个世界的喧哗

第三辑

低音区

父亲史记

一九三六年四月,他在大腊村出生
他的生父姓李,他的母亲
是这个李姓富人众多妻子中的一个

一九三七年某月,他未满一岁
被生父卖到水井坪,随养父姓刘
母亲含泪改嫁,此生从未再见

一九三八年某月,养父有外遇
离家到沙街与另一个女人同居,养母带他
跟随伯父搬到螃蟹井
艰难度日

一九五七年三月,他二十一岁
与邻村姑娘邹树琼结婚
他对新婚妻子说:命中注定
我们走在一起,因为你也在一岁时
被母亲送给了另一个女人

一九五八年一月,大儿子出生
一九六〇年一月,大女儿出生……
到一九七四年十月,他们一共养育了
七个孩子

家贫如洗,四处借债
是儿女们对家境的刻骨回忆
直到年近古稀,他们的生活
才慢慢平稳下来

二〇一八年七月,他身体不适
食量锐减。随后一年
在县市的两家医院反复进出
更换科室近十个,没有一个医生
确诊他的病因

二〇一九年八月的最后一天
这个名叫刘福松的男人闭上双眼

走完了操劳的一生
九月三日,他被儿女们送到水井坪
—— 他的重生地

感恩书

感谢祖先，开辟了这个家族
感谢父母，带我来到这个世界
感谢妻子和女儿，愿与我生死相依
感谢兄弟姐妹的情同手足
感谢朋友的惺惺相惜
感谢大自然赐予呼吸的空气
感谢眼睛把视线拉长
感谢劳动，让人与人能交换食物
感谢书本，我触摸到了生活的真实
感谢每一处山川，每一道河流，每一棵树木
还有飞鸟、草叶、虫鸣
少了你们，世界就是残缺的
感谢同情、理解、帮助
感谢嫉妒、背叛、质疑
它们展现了人性之美和灵魂之恶
感谢关注的眼睛，相握的手
可以依靠的肩膀；感谢温柔的拥抱
善意的提醒和适当的沉默

这些饥饿者的粮食,孤独者的勇气
弱小者的力量
最后,必须感谢自己——
一个卑微的闯入者
曾经紧张、彷徨、绝望
却依然仰望造物之光

空空荡荡

去年九月以后,你回老家的次数
比以前明显增多
但没用了,你见不到父亲了
他躺在两公里外的盒子里
只有墙角的照片
证明他曾是这个屋子的主人
当然他也可能晚上回来
像以前那样择菜、做饭,然后
斟半杯酒,心满意足地坐在餐桌旁
但是你看不见了
每一次回去,你都会找理由
进他的房间,比如找棉签、指甲钳
或者看看有没有好吃的水果
实际上你什么都没有做
只是在里面发呆
去年天冷的时候,你习惯性地
打开他的衣柜,找被子
并且真的找到了一床

平时你和母亲聊聊天,浇浇花草
草草吃饭,看一会儿电视
就上楼睡觉了
父亲走后,你才发现
除了时常回家
这世上没有多少重要事情

你躺在床上很多天了

爸爸，你躺在床上很多天了
无法起身、行走
甚至连张嘴都那么艰难
你的声音，我们仍然熟悉
但过于微弱
你的意思，有时候我们能懂
有时候只能揣测
像儿时你和妈妈教的谜语

你对一切表示厌倦
医生、针管、食物、饮料……
当我提起它们，你总是摇头
对那条五年前你从野外救回的
浑身灼伤的流浪狗
你叫我把它放了
你是想把我们也一并放了吗？

昨天晚上，我和哥哥第一次为你洗澡

你光着的身子那么软弱
你的表情惬意得像个孩子
羞涩得像自己给世界增添了
天大的麻烦
然后,你在我们惊讶的目光中
将剃须刀轻柔地靠近下巴
为自己刮胡子

最后,你说——
不治了,回家吧

一首老歌

那一年,我要去四川读书
你跑了半个村子,筹借路费
半天后空手而归

你和妈妈躲在房间里
默默流泪,第二天继续出门
去下一个村子

你把我送到省城火车站
又立即赶回
四百公里外的家里

你给我一双皮鞋,那是家里
唯一的皮鞋
你和大哥已穿过多年

我穿着它上课、踩雪、踢球
鞋底开裂了,缝补了几次

仍然舍不得扔掉

那些年,我最喜欢的一首歌曲
是《一双旧皮鞋》,演唱者
是我们本家人

我喜欢它的节奏,她的声音
它描述的故事
但后来慢慢淡忘了

今天在路上又听到这首歌
我想起了你,视线模糊
不得不放慢车速

吵架之诗

每隔几天你们就会争吵一次,范围涉及
家务,孩子,某件衣服的颜色
电视剧的硬伤,甚至屋外风声的大小
一些八竿子打不着的人和事
吵完后照例是转过身,各忙各的
有时短暂沉默之后会突然大笑起来
有时休战一两天,仿佛养精蓄锐
等待下一轮开始
但每次有事你都第一时间想到她
晚上睡觉习惯性地往她那边挤
生病住院了就想把工资卡给她拿着
告诉她买了多少理财,有多少是活期
攒的钱已够女儿读完大学
要留一些给在老家生活的妈妈
平常日子你也想过藏一张纸在某处
上面写明卡号、密码
和需要注意的细节。而这些
都没有实施,有一次你刚刚提起

就被她岔开了话题
你们就这样隔三岔五地吵
心照不宣地吵,像小孩一样
吵着吵着就忘记了由头,又像冤家
吵着吵着就找到了新的由头
今天你无意中读到一个病危男人的新闻
他和你差不多年纪,也深爱着
妻子和未成年的女儿
他要捐身体给国家,媒体大版面宣传他的
遗书,却忽略了最后一句——
"我老婆呢?"
读完之后你心乱如麻,想和她聊聊
又怕拨通电话,不知道从何说起

一个诗人

一个诗人走了,在千里之外的合肥
直肠癌,又听说是肝癌
我们见过面,但算不上朋友
什么时候的事呢?
好像是二〇〇二年,又好像不是
那时他是著名诗人,而我的举止很像诗人
他比我高半个头,头发长,面善
一看就是个知识分子
他的诗儒雅清淡,与人有说不明的距离
也像知识分子。我记得那次见面
我有些紧张,又有些夸张
说第一次读他是在《诗歌报》上
同期发表诗作的还有蓝角和巫蓉,为此
我对他挺有好感
说诗歌总让一些八竿子打不着的人
莫名其妙见面,又莫名其妙走远
他微笑、点头,像知根知底的兄长
现在他真的走了,在今天

在鼠年大年初一,
我突然有些伤感,有些难过,有些遗憾
在别人的微信朋友圈里
想留个言,又不知说些什么

想象爱情

想到她即将到来,春天地表下的小虫
就开始蠕动,就兴奋、忐忑、脸颊绯红
如果再虚构一些场景
就更不得了:身子发热,双手捂住胸口
以防体内那一万只梅花鹿破胸而出

想到她终将离去
就伤心、失落、不知所措,感觉一切没有意义
春天的小虫变成蝴蝶又有何用
一万只小鹿壮如狮子又有何用
二十年前你是理想主义者,理想又有何用
现在的你是现实主义者,现实又有何用
美好的时辰太短暂,美好的事物
终将枯萎,你曾得到又有何用
你曾拥有又有何用

想清楚后,你兴味索然,又心胸舒坦
像完成了好大一件事

觉得以往的日子都白活了
以往的执着毫无必要
你开始考虑晚上吃什么
是土豆炖排骨,还是小葱拌豆腐
饭后看芒果台的偶像剧
还是看凤凰卫视的时事点评
要不要半夜起来加点班
周末好带老婆孩子下馆子、逛公园
或者回乡下看看老爸老妈,遛遛那条
老爱掉毛的黄狗,看它是不是和往常一样
老爱逗邻家的母鸡,是不是还认识你的车
听到喇叭声老远就扑上来

想到这些,你觉得生活充实
浑身是劲,前途一片光明
于是双手离开键盘,不再纠结

拯救之诗

从你搬到这个办公室,那蔸三角梅
就是阳台上唯一的植物
十多年了,别人的绿植花枝招展
你的依然是几根枯枝
灰头土脸,落魄书生的样子

最初不是这样,它的枝叶
干净翠绿,在风中微微摆动
像跟你打招呼。你对它熟视无睹
任由它慢慢失水、枯黄
偶尔去阳台散心,才想起身边
还有一蔸小树

你也曾经对它好过一阵
那年你去乡下玩,带回半包黑土
随意覆在它的根部
几天后它就长出了叶片,仍像当年那样
油绿油绿地向你打招呼

但很快你就厌倦了，时常忘记浇水
再也没有换过新泥

前几天你到阳台抽烟
意外发现它脚下的泥土已经干硬
枝条低垂，仅剩的几片黄叶微微抖动
像一个不久于人世的病人
跟尘世做最后的道别

你的心突然疼痛起来
带着它开车直奔花卉市场
把干裂的泥土剥开，换上新盆子
然后填养料，浇水，修理残枝
整整忙活了一个下午

晚上回到家里，你对妻子说：
今天救了一蔸树
刚说完你的心又疼了起来，赶紧纠正：
也是救了我自己

子夜读史

这个夜晚看起来比纸还薄,仿佛只需
轻轻一捅,就能漏下明月
而你不会再相信这种青春期的
谎言了,因此你把目光从外界收回
以一本旧书,烛亮内心

再有几天,就是一年的尽头
据说北方气候阴霾,寒潮无端蔓延
你在南方也感受不到与纬度相称的温暖
——作为一个读书人
谁能读懂两千年前的表情?

一片鹅毛从天上飘下来,有人说
那就是雪。如同一张纸贴在公告栏上
上面的文字你都认得
不解的是:它由冬天签发,认定春天有罪

上面那看似庄重的字迹,让人肃然

字里行间的空白,类似于
无辜者的命运:写好后可以被修改
恢复了随时会被删除

在另一页纸里,一朵花在悄悄逸出香气
它有些疲倦,却让人踏实
哦,在冬天手持书卷的人是有福的
他记住了每棵树最后的年轮

纸页中,有人呻吟,有人发抖
有人面无表情
有人奔跑,有人流泪,有人慷慨激辩
有人赏花,有人剪草,有人对着
一首旧体诗字斟句酌

而更多的人竖起领子,悄悄遮掩住
自己的面目;更多的面具被扯下
露出了苍白的表情;更多的

浑身正义和义愤填膺，在短暂地激动之后
陷入长久的沉默……

在昏黄的灯光下，有多少人像你一样
手捧书卷静坐、愤慨、夜不能寐
有多少人像你一样苦闷、怯懦
又暗含着对黎明的憧憬

整整一个夜晚，你对着
这些流传千年的汉字，内心空茫——
是大雪还是春风让他们如此放纵
又如此羸弱？难道仅仅源于
沉默者手中的狼毫？

疾病记忆

这个晚上注定要被浪费——
那只久违的手再次找到你,把你从床上
一把拽起。你紧张地捶打着头颅
像失忆多年的老人
憋着劲回忆年少时走散的兄弟

二十年了,画面仍如此清晰——
你和朋友高谈理想,音响里播放着摇滚歌曲
他年轻气盛,要以才华改变世界
你打算穿过市场的客厅
去厨房煮一壶文学的茶水

那只手就毫无征兆地出现了
不由分说,一把将你摁住
你浑身颤抖,却听不见自己发出的绝望号叫
短暂的挣扎之后
黑暗笼罩了大地……

朋友叫你，但你想不起他的名字
有人自称是你的邻居，但你对他毫无印象
你被匆匆赶来的家人
用三轮车带到人民医院
在那里，你成了一条任人摆布的干鱼

两个表情活泼的护士，一个开着
漫无边际的玩笑，另一个的手像蜘蛛
熟练地把网结在你头顶
几分钟后，旁边的仪器吱吱呀呀地吐出了
一页画满曲线的白纸

然后是药片，白色，细小如米粒
据说能安妥迷乱的神经
你目光呆滞、表情麻木，仿佛与它毫无关系
医生说那只手仍悬在你头顶
但无法预料它再次落下的日期

从那天起你认识了命运
这不期而至的老友,每次都带来相同的礼物——
战栗、绝望、庆幸,长久的无语
而你仍然感谢生活,因为这个世界
再无任何事物值得你畏惧

一树桃花

仅仅两个月,她们就红了
红得春心荡漾,红得不讲道理
你从旁边走过
她们就更红、更热烈
让你一下子忘了去年的空枝

这是多么令人向往的生活——
春天,就长出春天该有的模样
冬天,就对北风站着
抱紧自己的身子
以至于你常常沉吟,不知道更爱
这不可一世的红,还是
那洗尽铅华的素

但这与她们无关,她们自顾自地开
自顾自地灿烂
不事先规划,只做好自己
一逮住机会就把阳光

和雨水用足

而你——
一个无所事事的周末采风者
在惊叹之余拍些照片
传至朋友圈
回到城里,就将她们忘记

树与石

长成符合你们想象的样子太难了
还未出生,未来就已注定
它必须绕开命运的挡路石,把自己撕裂
像被拉高的蚂蚁,用六条细腿
扛住笨重的身子

从解事的那一天起,它就知道
今生与参天栋梁无缘,大部分时候
只能在榕树和樟树的阴影下
默立,看别人风生水起
它不贪不占,给一点阳光就灿烂
汲一点养分就满足
当它慢慢长大,脚下的石头
就慢慢变小,从排斥到依恋,从敌人
变成相依为命的朋友……
它就这样硬生生地活着,而且
没兴趣长成你们需要的样子

现在，它站在你面前，毛发浓密
腰身笔直，双臂粗壮有力
四分五裂的腿脚曾经多么丑陋
如今你们称之为风景

一个人做了你想做的事

他其实不远,就在你右侧
几步路的距离,但这些年你们从未走近
有时候会假装友好,聊一些
无伤大雅的话题
彼此呵呵地笑,声音有些尴尬
有些枯燥,又自有默契

以前不是这样的。那些年月
你们被外人认为是兄弟
墙角的烟头、啤酒瓶和扑克牌
见证过你们的欢乐与荒唐
以至于这些年有些往事走失了
也总是有人替你们拾起

但那毕竟是多年前的事了
从某个时候开始你们相互走远
爱憎是一条河,他走到对岸
而你一直坚持在原地

岸边的水草听不到对面的风声
水里的鱼对温度有各自的理解

你以为你们的远离将会是一辈子
那些欢欣、狂躁、愤怒与无奈
遥远得像从未经历
你没有悲哀，也不曾感觉失落
世界太大了，每一缕空气
都应该有自己的活法

而今天他做出了你想做的事
你在他左侧看着他的愤怒
他的倔强和坚持
你有些感动，有些嫉妒
想过去拍拍他的肩膀，但迈出两步
又停了下来

一只名叫"汤圆"的猫

一只来自收容所的猫被领回家
因为胖,所以被命名为"汤圆"
成为三口之家的第四者
几天的紧张、惶惑之后,它就确定
这家人除了块头比较大
并无其他特殊。于是它眉头舒展
脚步放松,过主人生活
早上你打开房门,它坐在门口
接受你的问候。你从厕所出来
它就溜进去,像老师检查值日情况
你心情糟糕时,它无声地陪你
靠在沙发边上,似乎想做你的亲人
似乎就是你的亲人
依赖你,信任你,保护你
有事无事都在你眼前晃荡
或者坐在不远处静静地看着
看你挥霍无度
看你野心膨胀

看你好高骛远
看你折腾来折腾去
最终一事无成

现在,它就在坐在你面前
圆圆的,像极了
一只汤圆

水井坊的下午

"水井",这两个字,亲切得让人
毫无抵抗力,加上"坊"
空气就甘冽起来

整个下午,盆地飘着细雨
当它出现,三月的凉意消失了
身体暖如远游者回到故乡

你的村庄也以水井命名:螃蟹井
喂养了你,像你的母亲
如今它老了,像你的母亲

多么熟悉啊——
小麦、大米、玉米、糯米、高粱
这些注定要陪你一生的事物

它们把所有的衣服收拢
摊在自己身上,像饥馑年代的旧棉袄

护住深夜怕冷的孩子

黑暗中,灵魂与肉体义结金兰
因水与火的撮合,凝聚成
面对世界的态度

据说微醺是最美的体验
你过于贪心,爱得不愿意放手
所以还没醉就开始胡思乱想——

向天鹅借一双翅膀
想家了,就飞回去,看母亲和水井
想她了,就去成都

大河奔流

我所知道的河流
永远悬挂在季节上方
如同银河般高远而博大
它源于某种透明的物质
质地高洁,纯粹无比

要认识河流
我们必须先认识一些名字
比如巴颜喀拉、喜马拉雅等
我时常想起一些极为常见的事情:
乖巧的孩子,三五成群
沿条条山道欢跳而来
他们的歌声纤细、清新尖锐
然后逐渐雄浑、深沉、旷远
最后他们高歌出游
奔向更辽远的地方
这样的想象让我蠢蠢欲动

因此我更愿意以跋涉者的形象出现
往上而行，在两条时曲时直的臂膀上踩出道路
我惊讶于流动的波涛也会依靠凝固的物质
我得进一步认识它们
初步的印象是它们属于能在病痛中保持缄默的一类
像大智若愚的智者隐身俗世
锋芒内敛，不动声色

谁的手从头顶伸出
坚定地指向历史上游
指掌间抖落悲欢、忠义、生死
听，宁静的水面、金属的声音！

大河奔流，多像一条闪光的白龙
每时每刻都显露出深博的武功
你可以不承认刚强能摧毁许多事物
但你无法不信众水的温柔也是一种力量

我知道,前方的地势绝不会和此刻相同
堤坝、陡坡、森林、山脉,层层高升
我知道逆流而上的过程
就是上台阶或爬高峰的过程
或许有一天我们会在半途倒下
我们也该用最后的力气转过身来
仰望长空
在我们倒下的一瞬,一座山从体内
站起来,傲岸的躯体直捅云天!

大自然每天都在创造伟大的奇迹
这些奇迹大多来自沉默或歌唱的灵魂
并和人类的生活密切相关
像伟大的诗篇、高超的技艺、智慧的哲学
它们从万物的生命走出
反过来又进入万物,成为生命的泉源
现在,我手握诗卷,面对河流
发出真理的预言:

"谁能够自己找到源头
　谁就能看到自己璀璨的一生！"

虚构的梦境

记得那时候我正在看影碟,是部美国片
关于一个失去做梦能力的哑巴
对早逝双亲的艰难回忆
记得我是一人看的,又好像不是

他们就来了,似曾相识的面孔
粗布衣服,不必细看也知道
肘部和膝部会有一两个补丁
男的坐下,用我异常熟悉的姿势卷烟

女的径直走到沙发前,拢起那堆
凌乱的脏衣服扔进塑料桶里
洗衣机就在一旁,她视而不见
哦,我忘了——她从没见过那玩意儿

我必须和他们交谈!说出那些
已经复习了一万遍的话语
我说:妈妈!我说:爸爸!

而我看见自己张开的口型,却听不见声音

于是我哭了,直到
被自己的哭声惊醒。此时
美国片正演到高潮部分——
那个哑孩子完整地梦见了自己的双亲

低音区

有一种事物在楼顶盘旋、回环、跳跃
像装修工人用指头敲响新鲜的玻璃
但更优美、连贯,要与世界和解而不是对抗
体内的汗水,要成为上升的空气

我在新近落成的房屋里设计生活——
这里该摆上一张双人床,那里是茶几、沙发
除了电视机、会客室、梳妆台
还得腾出一小块灵魂休憩的地方

那声音漫开,先是柔板,然后
变得激越。一些陌生的召唤
从门窗缝隙流进来,挑拨耳垂
那令人心悸的震颤,终止了我的思想

把感情投入另一种情境之中
自己成为自己,与上午的小报编辑有了区别
哦,弹奏者应该是一个诗人

漂亮而好客,像梦中的茨维塔耶娃……

我清醒过来,透过被防盗网割裂的天空
观察其他户主的反应。乐音越来越响亮了
笼罩住整个居民区,为什么没有人出面抗议
甚至所有的民工都停下了手中的钉锤

一道光从体内滑过,像荷叶上的露珠
细微、安宁、转瞬即逝
我开始颤抖:除了这些令人心动的细节
还有什么值得一个男人去哭泣

春天,等一等

春天,等一等。我要打扫庭院里的积雪
在松动的土地上,撒播一千种花籽
再从时间的仓库借来一季的阳光
覆盖在苍白的屋顶上

我要走到野外,向冬眠的动物问好
用温柔的手掌拍醒冰封的河流
然后,把指头竖在唇边"嘘"的一声
让它们倾听土地复苏的声音

春天,等一等。容我先祈祷
那在暗夜里簌簌发抖的,必得到温暖
那失去爱人和孩子的,必破镜重圆
那因为战争流离失所的,必返回故乡

还要擦亮眼睛,我的瞳孔里还残存着
去年冬天的亡灵
我的嗓音还不够明亮,要学习歌唱

而即使我沉默，那沉默里也充满感恩

哦，春天，来得多么突然的爱情！
请等一等！让我提笔记下这一切
生活的屈辱和欲望曾使我胆怯、善变
请相信，这一次我决不修改

旧报纸

它是单薄的,重量不足 30 克;它是渺小的
个头被框定为"A3";它是沉重的
身上负载着无数话题。现在它是孤单的,在街头
你可以用任何量词对它命名

比如"一张",表示它曾拥有过的好日子,被一双
或多双眼睛抚摩,被嘴巴咀嚼。平整,有风度
而危机渐露端倪—— 在手与手之间传递
那份茫然,多像一个离开单位而毫无着落的人

它也许会成为"一团",如上文所说的
最后一只手瘦小、充满油污
它就会被折叠、揉搓成球状
与竹筐里的碎玻璃、牙膏壳、啤酒瓶相依为命

自然,它也可能成为"一片",往天上飞,像羽毛
作"环城一日游",俯瞰那些曾经在它身体上
反复上演的风情(世人称之为"新闻")

而它的身材实在太不适合飞翔了,只能匆匆坠落

或许它会遭遇贵人:被"红领巾"拾起。它的激动
交杂着羞愧:涂满谎言的自己怎配得上
孩子干净的眼睛?但它马上变成了"一块"
然后无法阻拒地飞向垃圾桶

读者们,如果你读出了弦外之音,或者于心不忍
那么在最后,我愿意提供一些关怀
让它像你握着鼠标的右手一样稳重、自信
即使每天按部就班,不刺激,但适得其所

或者被一个诚实而有爱心的中年人遇见,被他展开
阅读(广告部分),带回家(抄写电话号码)
这个漫无目的地拨电话的男人,上个月才结婚
然而正如前文所暗示:今天他刚刚下岗……

独弦琴演奏师

踩着稀稀拉拉的掌声,他走到前台
扫一眼台下的观众
上身微微前倾,表情平静

然后,他坐下,伸出一只手
握住琴头翘起的部分,另一只手
看似随意地斜斜一拂

大厅里流淌着一种情绪
不是高山流水,不是雨打芭蕉
是母亲在你远行前的叮咛

所有的目光都集中在他的手上
——要多少汗和泪
才能成就一只神奇的指头

琴声渐渐慢了下来
大厅里更静了

人们能听到彼此的呼吸

我的痛苦在于——
一个词,一句话,一首写在
纸上的诗,能存在多久?

三月,读海子

应该把玫瑰表面的红洗掉
露出生活的底色,再在风中加一点沙砾
让它成为荆棘的一部分
那若即若离的美,那灿烂了一夜就
凋落的美,将启示后来者一生

然后仔细倾听:梦魇随风飘散
大街上走过四姐妹的影子
一个梦游者漫不经心地给天空布道——
有人欢笑,就有人在深夜哭泣
有人回望,就有人把铁轨铺向天边

这是三月,死亡的镜头在
寻找焦距,行囊要盛下苹果和书本
如果把爱还给诗人,对面的
列车会不会刹住?如果诗人重新提笔
烂尾的建筑能不能重新开工

太仓促了,这过早离去的使者
除了沉默,还有什么能表达怀念
树枝在熟睡,张开的手指
似乎要握住什么,而生活太空旷了
它的表达不够具体

去北海

汽车在桂柳高速公路飞跑
我的心比它跑得更快
它刚刚经过柳州
我的心已到南宁地界了

一路上我看手机,发呆,与邻座交谈
间或想一想远方的朋友
他们脸上有没有增添皱纹
是否和我一样被时间悄悄催胖

那个城市我去过多次,还想再去
她每天都有微小的变化
像当年的邻家女孩,你爱慕她的美
带有近乎盲目的执着

远处不间断地出现乔木林
树叶青翠,像一滴滴水,排着队
从一大潭水中跳脱出来

对大自然展示着个性的活泼

车速慢下来了，有人开始欢呼
我没有出声，但有些激动
其实我想说：列位好，请允许我
介绍一个朋友，她叫北海

寂寞

它将追随你一生,像老朋友
离你不远不近。你对它时爱时恨
酒醉之时你跟它握手,并主动伸过脸
让它描画鱼尾的形状

现在,它就站在你面前
不出声,但胜券在握
没有形状,但高高在上
你叹息、伤怀,有时还要表示感谢

再也找不出新鲜的招数了
长时间的辗转反侧之后
回忆击溃了瞌睡虫
昨天击溃了明天

唯一可以依赖的是香烟
点燃,吸入,吐出圆形的肺腑之言
白色的迷雾将你包围

吞噬，就地掩埋

你想止住呕吐，又无力控制
身体里，两个影子来回摆动
你茫然观望
不知偏向哪一边

三十年前的苹果

他摘下一只苹果,接着
摘下第二只
在触到第三只之前,树枝折断
他的身子从高处重重摔下

一篮苹果四下散开,最远的
一只,已在视线之外
他的哭泣于事无补。岁月的风声
从天尽头萧萧传来

三十年,我已看到过太多的苹果
太多盛满苹果的篮子,太多像他那样
怀揣采摘欲望的年轻人
(我也曾是其中一个啊)
在最忘情的时候最快速地消失

三十年后,我还陌生于多少事物
当我站立,我的脚步是否已足够稳当?

今天,我开始渴望
凶猛的扬子鳄

甚至垂着血红舌头的饿狼。它们
比春天虚幻,但比苹果真实
而梦中摘苹果的人、梦中走不出来的人
更多的虚幻等候着他

那人在你体内安放桃花

还有什么别离值得哭泣?那人的背影
已变成一墙青苔;还有什么背叛
不能承受?短暂的礼节之后
那人在你体内安放了一朵桃花

是乌鸦还是蝙蝠送来的预言?宿命的福音书打开
又合上,你周身被鳞片图画
疼痛带来难以言说的暗示——"那人走了,
他暧昧的表情被东风一眼望穿"

时间在尖叫!这城市无可阻拒地沦陷、坍塌
一夜的雨水又怎能挽救濒临破败的花园?
你伤心、哭泣、手足无措,三十年的坚忍
被泪水掀开。这一切都源于

那个匆匆离去的人安放的一朵桃花
不是去年三月的那朵,是另一朵
开在你体内,鲜艳而饱满。你粉红色的

回忆绵绵不绝，又一波三折

你的苦，你的病，你游离不定的爱与哀愁
在大地上流布。这是一种反向的提醒
这是命，是穷尽一生也难以解开的迷乱
唉，那人在你体内安放了一朵桃花

亲爱的眼泪[1]

用什么方式才能将你收回?亲爱的眼泪
你的出走,会引起一场暴动
在诗人的笔下,你能与大雨对峙
可是亲爱的眼泪,你只需一滴
就足以将我一生的幸福打碎

让我想象一个过程,亲爱的眼泪
那时我风华正茂、年轻气盛
难以设想你的容貌,亲爱的眼泪
我曾经梦见一种物体,咸咸地
爬进嘴角,在我与爱人相聚的夜晚
那是你吗?亲爱的眼泪

从一次误会开始,你在另一张脸上出现
来得那么悄然,像夜猫的足爪
那么隐秘,像上个假期深埋心底的远足

---

1. 本诗标题得自诗人张执浩的《亲爱的泪水》。

开始是一滴,然后是两滴、三滴
在熟悉的轮廓上画一幅陌生的地图

更俗气的比喻:你是一条河
很窄,却用尽一生的回忆也难以泅渡
很浅,正好能淹没两个无所事事的灵魂
我不敢凝望河的源头,只能眼睁睁地目睹
一双陌生的手,缓慢地将河道填平

请让我说出最后一句话,亲爱的眼泪
你不是我的,第三张脸的出现使你闪闪发光
(而一个男人在沉默中把牙关咬碎)
你是我的,那颗曾经天高地远的心
如今一片汪洋……

在杭州

黄昏安放好远山,又即兴摊开
一片薄幕,这薄幕
叫西湖

你在白堤散步,爱上西施之外的女人
你摇动一座塔,想释放
里面的爱情

但它太大、太无际
你的手
摇动一片空气

而黄昏比它更大、更无际
风吹过,整个杭州的心
都空空落落

你是来采风的,但谁能采得到风呢
如同一个人爱美,却无法说出

真正的美

这个黄昏之后
不会有更好的黄昏了
那就带一张灵隐寺的纸片回去吧——

来年清点往事,该思念的
就思念,该遗忘的
就遗忘

琴声中的玫瑰

我爱这些阳光中的事物
这些落叶、床单、纸巾
这片长长的小白屋,下午的交谈
几本封皮朴素的旧书
我爱,因为你的存在

看,我是一个多么简单的客人
面对一杯清茶,说出
如此空洞的话语,而明亮的光中
我是多么地担心自己是否多余

要唱歌了,该从哪一句开始
两扇门之间,我故作迟疑
想听见一声轻轻的叹息
而我知道这样的对峙无法永久坚持

呵,来自邻县的琴、一朵
悄悄绽放的玫瑰,在这个初冬的下午

塞给我那么多莫名的心事，这是
一种巧合，还是岁月预设的棋局？

我爱这首关于梦想的诗歌
它如此坚决、冲动、义无反顾
仿佛春天的音乐在水面滑行；我爱

这反复浮现的阳光下的旧事
爱用手把它们轻轻摊晒、收捡
然后悄悄地转身，掩饰自己的失态

二十四节气：大雪

我无法完美地为它命名，即使
用上字典里所有的形容词。我无法
勘破一年中这个最初的秘密
这样的夜晚，我的目光被寒气聚拢
又被喜悦吹散

在雪白的纸上，我打算写下一些词语：
"北方""风""忍耐""内在的火"……
我还想解开棉帽带，再轻轻地
哈一口气，让风中战栗的梨树
开满爱情的花朵

而天空在低泣！六角形的泪
无声飘扬。有人看见船在河滩上搁浅
大道消失，一个孤儿
用颤抖的童声向路人索取火柴

这究竟是生命中的第几个轮回？

六角形的生灵，它代表承诺、诅咒
欢乐，抑或预示着某种
未知的命运？谁能知道
它舞蹈的时候更热烈，还是
静止的时候更有激情？

整整一个冬天，我没有迈出门槛一步
在抵抗已经成为一种姿态的年代
我手捧诗集端坐火炉旁
念念有词，一动不动

纯洁

当它以表意的方式呈现在纸上,即使只有一次
它也将成为自己的敌人。没有什么
比一张纸更白。正如
没有什么比第一首诗更让他刻骨铭心

那曾经是他的梦想,但已过早地消逝
一如青春期短暂的爱情
同样是海拔,别人站立的位置更高
同样是房屋,对方的面朝大海

一个人离开了自己,成为另一个
他的过去是清白的,却羞于说出口
他的现在是庸碌的,需要加入一些虚伪
疼痛时,恰到好处地捂住伤口

是的,懂得沉默之前,他学会了掩饰
用纸摩擦眼镜片上的水汽,不是为了更明亮
而是让它变薄,失去准确度

他也会在与生活的摩擦中耗尽一生

或许若干年后,他会选择一个黄昏
面对夕阳喃喃自语,晾晒一些
早该说出的话语,那些往事
埋藏得太深,压抑得太久,如同人性本身

而现在他还是中年,他的孩子
将在一个月后降临,他在学习做父亲的功课
但心情忐忑—— 对于生活
先知也不比婴儿知道得更多

爱情故事

风

风是在一夜之间长大的
风出阁的时候
花和雪还隔着一个季节的相思

风从南方最高处升上天空
天空干净,一尘不染
风洁白的身子像一座花园
风呜呜地哭,月在云朵后看见风
泪流满面的样子

风柔柔地缠着春,娇美异常
给我一朵花,一朵。风默默祈祷
那夜,风在枕边写下一朵花的名字

花

花醒来时风已离去
花浅浅的衣衫掩不住浓浓的失望
"忘掉他吧",一个声音自云中响起
花痴痴站立,回忆着风在梦中的样子

一朵纯洁的花,就是一个孤独的园子
风走了,只有春还在
花在淡淡的惆怅中打发一个又一个日夜
枯萎的心事,测量着
爱与死亡的距离

真正的爱是无所谓离别的
整个春天,花坦然承受思念的打击
花的心,静静地迎候一场大雪

雪

雪的一生从绝望的舞蹈开始
在冬的头顶上,雪是一片闪亮的
泪光,一把撕裂的折扇

冬天的大地多么宽敞。雪
怀藏昨夜美好的愿望赶回南方
而风和花已远去,月还没有到来
雪,站在阳光走过的地方
泪流成河

负心人走了,雪站着
"离开天堂,离开无爱的地方"
雪这样想着,突然
前边升起一轮湛蓝的月亮

月

阐述月,必须先阐述爱情
必须阐述竹马、青梅,以及
青梅未青的时节

月与古典女子有着天然的联系
默立窗前,让人想起邻家的少女
"折桂为媒"。在一个叫中秋的日子
月圆圆的脸庞勾起人们圆圆的相思

月这一生离不开幻想,离不开
风、花和漫天飞舞的雪
月把深情藏在心底,星光璀璨之夜
月满怀感伤,默默远去

自省书

你的灵魂终日游荡
找不着身体
你的身体出入各类场所
又不知为何而活
稍有空闲,你就沉迷网络
以游戏抵消午饭
对八卦的熟悉程度
甚于家人的生日
重要之处在于
你的怯懦与日俱增
想发展,不懂科学
去开会,不敢表达
真实观点
作为群众,你没有朋友
作为领导,你找不到
做人的乐趣
你渴望荣耀
却浑身挂满耻辱

不爱应酬

又随时准备

面露谄笑

你的字典逐渐抹掉

一些词语

比如真诚、正直

比如愤怒、抗议

终于，你成为一方名流

占据报章一角

从恭维别人

升级到

被别人恭维

你的表情开始成熟

老练，高深莫测

我也终于知道

为什么你喜欢文字

诗歌却疏远了你

你声称热爱生活

真理却拒你于门外
是的,你写过几本书
但不配当作家
攒了一点钱
却买不来夜半醒来后的充实
现在,我只想问——
需要多少时间
你才能像当年那样
轻狂而无畏
需要多少勇气
你才能毫不迟疑
对世界说
 "我是刘春"

城里的月光

如果不是偶然间的抬头,我不会
怔立如一根木桩
哦,相见是多么偶然
这旧日熟稔的玩伴、消瘦而光洁的脸
让我疑心,忘了身后的车铃
让我掐着自己的手心痴痴询问:
是不是时光流转,往回走了二十年?

一切都是可以召回的——
萤火虫、蒲扇、柔软的草地
稻草堆里的嬉闹、熊奶奶的故事,以及
邻家读一年级的小芳清亮的朗诵
"弯弯的月儿小小的船……"

而我是操旧船票出海的游客
自命不凡,蠢蠢欲动
在一个灰暗的凌晨匆匆地
摘下红领巾,栖身于城市一角

为保住饭碗低首敛眉

从五岁到二十五岁,她一定
一如往常,恬静地悬挂在头顶
她有翅膀,但她为什么不飞?
在钢筋水泥的缝隙间,我看到过
多少暧昧的灯笼,黄昏的街角
游走着多少长大了的小芳
另一些日子,我两手空空满街游荡
左顾右盼,无所事事
却总是忘了抬头朝她观望

今夜,偶然的一瞥让我激动
思想自动走回从前
风中飘来青草的气息。眼前闪动的
光亮,是二十年前的那只萤火虫吗?
当我的思绪正要漫过熊奶奶的故事
    "先生,跳舞吧。"一个穿着低胸装的小姐站在身前

顺着她裸露的手臂的方向
"芳草地夜总会"门口霓虹闪烁

电影片段（一）

"有馊味了。"他夹起昨天剩下的白菜
细心地扔进垃圾袋，然后
温柔地询问明天能不能换换口味
"你还想怎样？"她呷着清汤，不置可否
他注意到，她的脸色和白菜一样油清水淡

草草的晚餐过后，他靠着结婚那年购置的
仿皮沙发，漫不经心地研究斑驳的房门，抱怨
工作的忙碌，以及夜以继日地加班
"这不？今晚也是如此。"
说这话时，他的脚正在尝试新买回来的远足皮鞋

如果有必要，可以先去单位打一转，以应付
可能随之而来的咨询电话。但这与一家之主的身份
多么不相称啊！因此，更多的时候
他一出门，就会叫上一辆出租车直奔西区
某幢新楼里的某套房子，晚餐有更新鲜的食物

生菜，七成或六成熟的牛排，生葱汤
新的风俗，正在被习惯。其中一段时间
他从一个女人的肩膀上多次抬头
窗外，进口推土机在忙着推倒旧建筑，更西边
欧式教堂的尖顶乌云缭绕

凌晨三点或者两点，他步履匆匆，心满意足
——"唉，讨厌的工作！"
她靠着床看电视，翻来覆去地换台
长久的沉默之后，黄昏时出门的人
像那扇风烛残年的门，经不起推敲

电影片段（二）

终于，你张开的五指握住了空气
翻过身，右边的棉被显得多余
你冲进卫生间，掬一捧水到脸上
眼镜架歪歪斜斜，像不满两岁的儿子
需要搀扶，但这已与你无关

这是春天，一些冰变成了水
再过些日子，水将成为空气
拥挤的客厅空空荡荡
结束了，像你们厌恶的日剧或韩剧
最后总要有一个人离开，或死掉

你的生活用想象维持：奔跑、流浪
在街头巷尾贩卖无所事事的眼神
写朦胧诗；朋友的生日晚会
有人对她起哄，你为美朗诵、痛饮
不省人事。她掬出了手帕……

唉，一朵花要把春天打扮，而另一朵
想在内心空出一架钢琴。她走了
带着儿子，连同三年的争吵与怀疑
你臂弯空虚，噩梦无人安慰
整整三个月，你的夜晚一塌糊涂

有人在楼上唱歌，但没琴声
你说"我寂寞"，但没人倾听
你孤独、伤感，旧衣裳堆积。你的嘴
和影碟机对话，在盗版与正版之间
你小小的愿望找不到故乡

电影片段（三）

我在这里等一个人，一个将我彻底改变的
女人。她冷却了我的激情，却成全了
我的忧郁。其实我只是被记忆绊了一跤
而她出现了。这是奇迹

这是天意，那个被我鄙视的小个子男人
预付了我后来英雄般的名声
我把一张纸放在钢琴里，并记住了他的话——
"因你鄙视我，所以我信任你"

女人可以拒绝，烟却不能没有
"时光流转"？不，我要把一首歌从内心抹掉
请挪开钢琴，请停止演奏
它曾带给我甜蜜，如今我只听到苦痛

清点记忆吧——纽约、巴黎、布拉格、里斯本
那些短暂的故乡；那些小小的欢乐与梦想
越来越近的炮火声、喇叭声，戒备森严的车站；那一场

因女主角缺席而不了了之的别离……

"我们的问题对这个世界微不足道"
也许。可是，这是背叛！它夺去了我十四年的欢乐
与记忆！是命运把你再次带来，这个夜晚
让我们重提旧事，把所有丢失的白天收回

是收场的时候了，我站着，你们离去
请原谅我小小的骗局。你们是夫妻，而我们是爱人
哦，观众，请不要赞美，请不要说：遗憾
在这最后的时刻，我只想说：爱

童话：虹

虹从秋天的桑叶上醒来
返回去年的林子
当风再一次走近，风发现
虹的防线形同虚设

虹在天空上行走，长长的衣袂
肯定会把什么照亮
虹因欢乐而哭泣，感动的泪珠
洒进花园。而谁在说
在夜里，虹什么也不是

在冬和雪之间，虹找不到自己
虹进入雪如同进入石头
太纯粹了，反而空无一物
虹痴痴地问：去年的阳光、白云、雨呢？

春到来时，虹还在做梦
虹被打湿、掩埋

虹被自己的美梦轻轻托起
升上天空，无依无靠
虹，孤单得像一滴泪水

多年以后虹将明白
人们太在意完美了，所以
把太多的幻想叠加到它身上
而虹在每一次离去之前，总来不及说出：
没有爱，虹什么也不是

梦中的苹果和一株草的香气

用一张纸来想象：苹果
用今年最圆之月想象：青草
用整个秋天想象：你

纸上的秋天，秋风阵阵
我用风中的芦花想象，用高飞的风筝
想象。月下的青草
我是你远方的爱人
一只香气弥漫的苹果

月下的青草和秋天的苹果
全世界的人们都在做梦
我一个人站在高高的山坡上
用低低的嗓音为你祈祷、歌唱

你们都是我的亲人
苹果是姐姐，青草是妹妹
还有昨日远去的小纸船

你们都是我的亲人。岁月穿过我
无人的心境，梦想啊
你要随风飘到哪个地方？

想象。为一株青草或一只苹果想象
一个归宿。秋天到来，秋天远去
月光已不再
那一夜，有个人悄然离开空空的牧场

必须如此

他曾经是一个性格外露的人
——当然,现在也大致如此

对看不惯的人和事恨不得马上表达出肉眼可见的态度
——当然,现在比以前好些了

后来,有些时候他选择了沉默
——以前他可不是这样的

还有些时候他不得不逢场作戏
——这让他每逢夜半醒来都无法安睡

渐渐地,事关别人,他恨铁不成钢
——好像自己拥有绝对的优越感

渐渐地,事关自身,他一点也不脸红
——好像自己拥有天然的豁免权

渐渐地,朋友好像多了起来

——那些突然冒出来的是什么人?

渐渐地,朋友一个接一个地疏远
——那些陆续离开的是什么人?

渐渐地,好像得到了一些东西
——金钱?物质?名气?然而并不存在

渐渐地,一些东西再也找不着了
——真诚?公平?理想?它们已面目模糊

他开始怀念自己曾经拥有的一些事物
——那种青涩,那种自然,那种看起来空洞但让人彻夜
　激动的充实

他想把现在像旧衣服一样脱掉,返回从前
——那种阳光,那种追逐,那种无端泪涌

他想说:从今天起,把"他"换成"我"吧!

——快,快些,必须如此!

为自己的梦想而活,而不是为别人的眼光
——请上天允许我这小小的自私

为得到良知的谅解,而不是得到物质的理解
——请世界答应我这个小小的请求

做一个真实的俗人,卸掉道貌岸然的伪装
——这或许有点难。但这真的难吗?

平视万物,不刻意仰望,也不刻意怜悯
——同时,也不接受别人的仰望和怜悯

最后,我想在这首诗的结尾写下一个字
——爱

确认吗?要修改吗?会后悔吗?
——确认了:爱。之外的一切不足挂齿

后　记

　　从发表第一篇作品算起，我已写了30多年诗歌，但出版诗集的机会极少，最近一本诗集是2004年出版的《广西当代作家丛书·刘春卷》，至今已20个年头。一个诗人，长期拿不出一本自己的作品集，似乎有些难为情。这个夏天，我思索再三，决定对自己的诗歌创作进行一个小结，整理出两本诗集，主要收录了近几年的新作，加上少量自认为还值得一读的旧作。其中一本《我写下的都是卑微的事物》前些天已经交稿，我在该书的后记里说它是我最满意的诗集，现在想来，似乎的确如此，毕竟整理它在先，在稿件的选择范围上具有优势。但整理完这本《另一场雨》后，我有些动摇——我同样喜欢这本书，它的优点和遗憾都比前者更清晰地反映出我的个人性情和写作路径。

　　本书分为三个小辑。第一辑收录的是近年创作的部分短诗，它们长不过十六七行，短的只有三四行，我在写作它们时，充分感觉到了诗歌写作的自由与惬意。第二辑由三组诗组成，其中《命运协奏曲》是我近几年最为珍惜的组诗，是关于我对世界、自然与人生的思考。这组作品于2021年完成后，一直没有机会在刊物上一次性发表，这次终于有机会让它们展现全貌。第三辑和第一辑一样,也是我的零散作品,但每首诗的长度都超过了20行,这些诗作还有一个重要特点是风格比较杂,较为完整地体现出我30年来尝试过的各种写作风格。将自己的短诗用两个小辑分开,没有其他深意,便于识别而已。

《另一场雨》和《我写下的都是卑微的事物》两本书,没有一篇重复,结合起来可以视作我的诗歌写作成绩单。从这些作品可以看出我是如何从单纯的抒情转变为相对繁杂,最终回归简单、平静的写作风格。我早期的诗歌注重个人感觉,形式上比较任性,越是到了后期就越平淡;我对诗歌表达技巧有过一点探索,但浅尝辄止之后就回到自己熟悉的轨道,如果有人说我是一个胸无大志的诗人,我不会否认。

和很多诗人一样,我也曾经有过一段轻狂傲慢的日子,自以为小有才华,藐视一切老旧规则,看不上中庸和循规蹈矩,而现在自己不再年轻,棱角逐渐被现实打磨,我的写作也不再一味地激进,而是力求在自然陈述与适度反思之间寻求出路。这种谨小慎微、平稳端庄的"中年"特质体现在文学创作上，肯定不是一件值得高兴的事情，所以，我希望通过这次结集出版，对自己与诗歌的关系进行一次清理，然后卸下包袱，继续前行。

刘春

2023 年 6 月 26 日

图书在版编目（CIP）数据

另一场雨 / 刘春著 . —— 北京：当代世界出版社，2023.8
ISBN 978-7-5090-1757-9

Ⅰ．另… Ⅱ．①刘… Ⅲ．①诗集 – 中国 – 当代 Ⅳ．① I227

中国国家版本馆 CIP 数据核字 (2023) 第 148116 号

书　　名：	另一场雨
作　　者：	刘春 / 著
出 版 社：	当代世界出版社
地　　址：	北京市东城区地安门东大街 70-9 号
邮　　编：	100009
监　　制：	吕　辉
选题策划：	彭明榜
责任编辑：	高　冉
装帧设计：	北京小众雅集文化传媒有限公司
编务电话：	（010）83907528
发行电话：	（010）83908410（传真）
	13601274970　18611107149　13521909533
经　　销：	新华书店
印　　刷：	北京精彩世纪印刷科技有限公司
开　　本：	889 毫米 ×1194 毫米　1/32
印　　张：	7
字　　数：	100 千字
版　　次：	2023 年 8 月第 1 版
印　　次：	2023 年 8 月第 1 次
书　　号：	ISBN 978-7-5090-1757-9
定　　价：	68.00 元

如发现印装质量问题，请与承印厂联系调换。
版权所有，翻印必究；未经许可，不得转载！

当代世界出版社
微信公众号

当代世界出版社
抖音号